Disney

Un cuento bilingüe para cada día

A bilingual story for every day

febrero
february

HACHETTE LATINOAMÉRICA

Dirección editorial: Tomás García Cerezo

Edición: Jorge Ramírez Chávez

Redacción: Ediciones Larousse, S.A. de C.V.,
con la colaboración de Rémy Bastien V.D.M.
y Amalia Estrada Porrúa

Traducción: Ediciones Larousse, S.A. de C.V.,
con la colaboración de Rémy Bastien V.D.M.

Formación: Sergio Ávila Figueroa
Alejandro Serrano Calzado

Corrección: Graciela Iniestra Ramírez

Diseño de portada: Ediciones Larousse, S.A. de C.V.,
con la colaboración de Sergio Àvila Figueroa

D.R. © MMIX Ediciones Larousse, S.A. de C.V.
Londres 247, Col. Juárez,
Delegación Cuauhtémoc,
México, 06600, D.F.

ISBN: 978-607-4-00044-3 (Colección completa)
978-607-4-00046-7 (Para este título)

PRIMERA EDICIÓN, enero 2009

ÍNDICE

LA ROSA DE AURORA

Aurora no puede creer que se conserve fresca la rosa que sus hadas madrinas le pusieron en el pecho el día en que fue hechizada. A pesar del hechizo, tanto ella como la rosa lucen más hermosas que nunca.

Hoy, después de tanto dormir a causa del hechizo de Maléfica, despertó ¡gracias al beso de amor del Príncipe Felipe!, con quien hasta hace un rato estuvo bailando.

Pero... ¿qué pasa? Su vestido ya no es azul, ¡ahora es rosa! Al final del vals, a pesar de las quejas de Flora, Primavera cambió el color del vestido de Aurora, y probablemente en cualquier momento éste ¡cambiará de color otra vez!

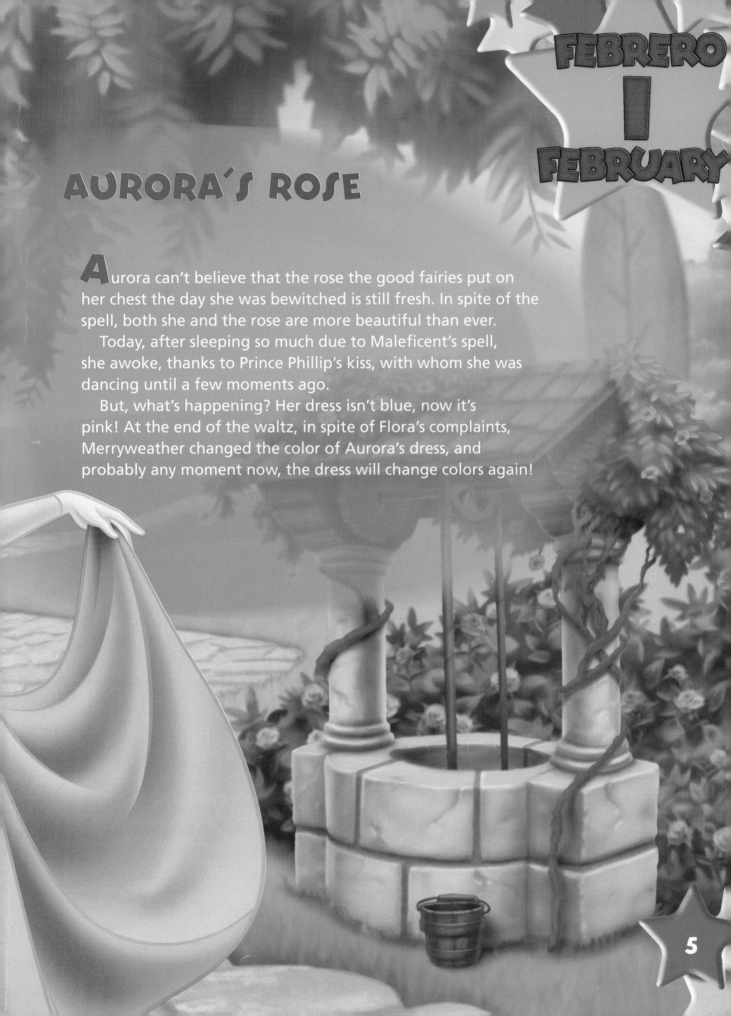

AURORA'S ROSE

Aurora can't believe that the rose the good fairies put on her chest the day she was bewitched is still fresh. In spite of the spell, both she and the rose are more beautiful than ever.

Today, after sleeping so much due to Maleficent's spell, she awoke, thanks to Prince Phillip's kiss, with whom she was dancing until a few moments ago.

But, what's happening? Her dress isn't blue, now it's pink! At the end of the waltz, in spite of Flora's complaints, Merryweather changed the color of Aurora's dress, and probably any moment now, the dress will change colors again!

CONFUSIÓN EN LA PLAYA

Nani conducía rápido por la avenida costera.

—No tan rápido —dijo Lilo—. Nos asustas a Stitch y a mí.

—Stitch cruzó el espacio a super velocidades. Además, llegarán tarde a su ensayo final de baile.

—¡Y nos faltó practicar! —dijo Lilo.

¡BANG!

—¡Se ponchó una llanta! —gimió Nani.

Stitch ofreció usar sus poderes para cambiar la llanta.

—¡No! —dijo Nani—. ¡Nadie debe saber que eres de otro mundo! Paséen, mientras cambio el neumátco.

Stitch y Lilo vieron una playita, tras una arboleda.

—Vamos allí. Practicas tu canto, y yo mi baile —dijo ella.

Nani acabó y los buscó en la arboleda. Pisó un lodazal, se rasgó la blusa, y la picaron docenas de mosquitos.

Regresó al auto, ¡furiosa! ¡Y allí estaban su hermana y su mascota!

—¿Adónde fueron? —gritó.

—¿Adónde fuiste tú? —dijo Lilo—. Llevamos rato esperándote. Pero estamos listos, ¡ya ensayamos!

CONFUSION AT THE BEACH

Nani drove fast on the coastal highway.

"Not so fast," said Lilo. "You're scaring Stitch and me."

"Stitch crossed space at super speeds. Besides, you'll be late for your final dance rehearsal."

"And we had to practice more!" said Lilo.

BANG!

"A tire blew out!" moaned Nani.

Stitch offered to use his powers to change the tire.

"No!" Nani said. "Nobody must know you're from another world. Take a walk, while I change the tire."

Stitch and Lilo saw a little beach, behind a wood.

"Let's go there. You practice your singing and I, my dancing" she said.

Nani finished and looked for them in the woods. She stepped on mud, tore her blouse and dozens of mosquitoes bit her.

She returned to the car, furious! And there was her sister with her pet!

"Where did you go?" she shouted.

"Where did you go?" said Lilo. "We've been waiting for you for a while! But we're ready now, we practiced!"

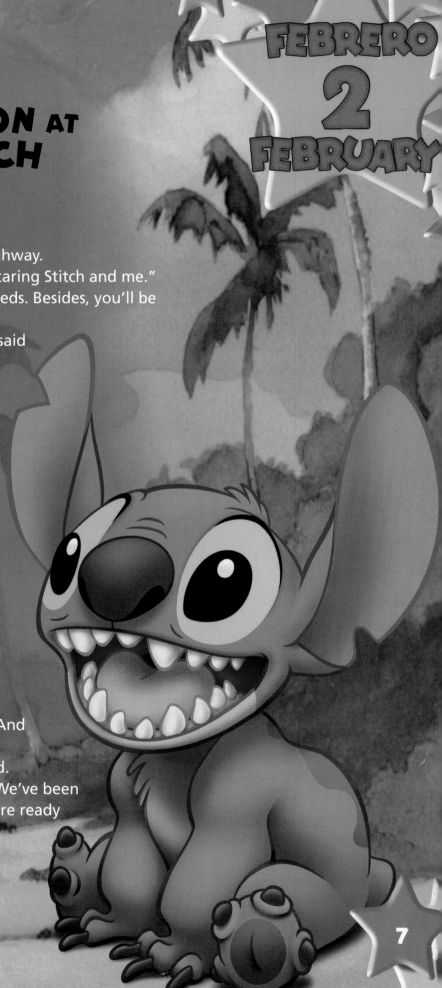

EL ARTILLERO MIOPE

Las apariencias engañan y los piratas también, por ejemplo, esta tripulación de bellacos es más torpe de lo que aparenta y Peter Pan lo sabe muy bien.

Desde hace un rato le han estado disparando, pero el artillero no acierta ni un solo tiro.

—¡Las balas de cañón no son un lastre! ¿O acaso eres miope? —gritó Peter maliciosamente mientras volaba por encima de la embarcación.

—¡Ya veremos, sabelotodo! ¡Te arrepentirás de tus palabras cuando estés en las fauces del cocodrilo! —exclamó el artillero con una sonrisa boba.

Peter se posó en el mástil y desde allí siguió burlándose del artillero para provocarlo, pero éste, en un arrebato de furia, disparó y le atinó al mástil.

No hubo problema, pues Peter salió volando como si nada hubiera pasado.

En cambio, el barco quedó inservible, el artillero tuvo que saltar por la borda y Garfio se enfermó del disgusto.

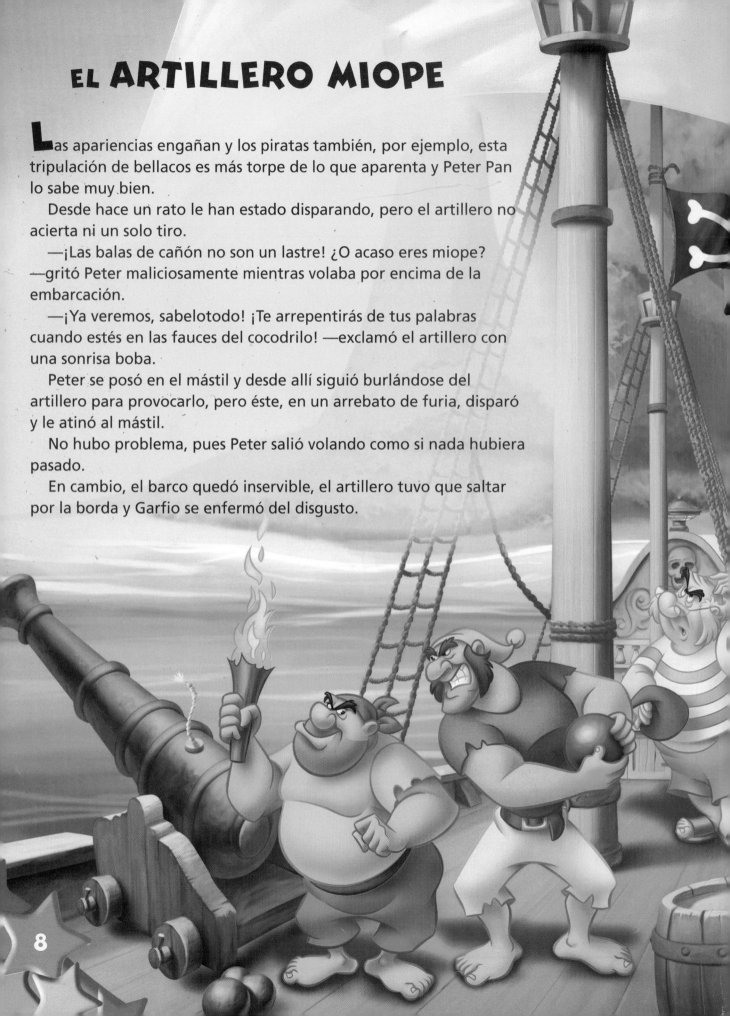

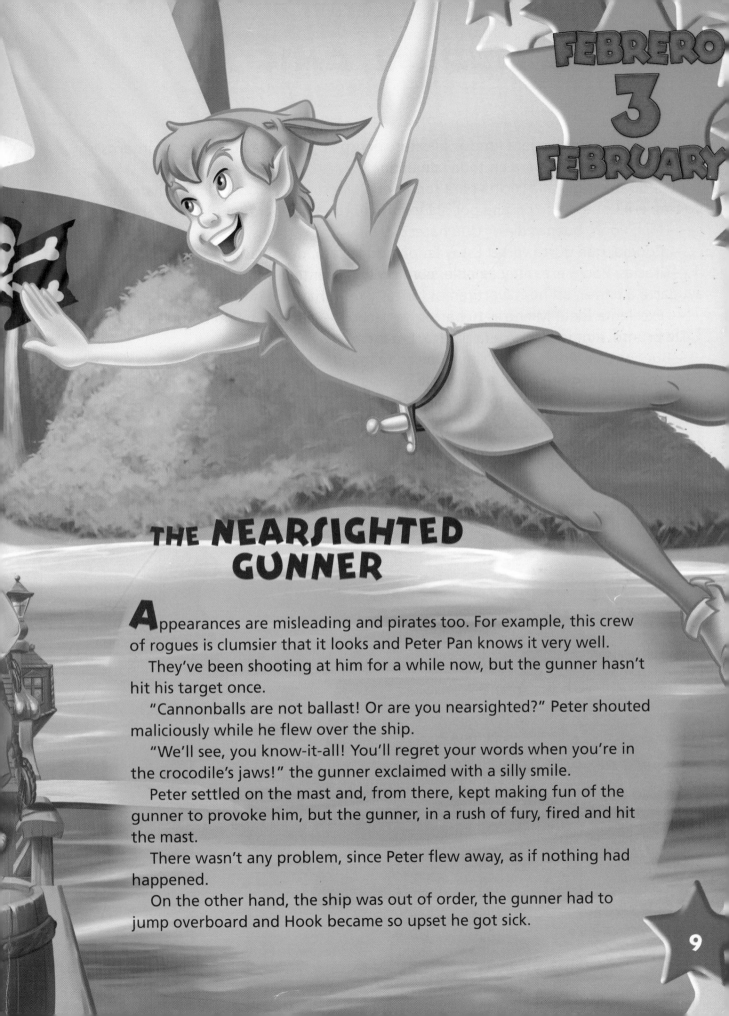

THE NEARSIGHTED GUNNER

Appearances are misleading and pirates too. For example, this crew of rogues is clumsier that it looks and Peter Pan knows it very well.

They've been shooting at him for a while now, but the gunner hasn't hit his target once.

"Cannonballs are not ballast! Or are you nearsighted?" Peter shouted maliciously while he flew over the ship.

"We'll see, you know-it-all! You'll regret your words when you're in the crocodile's jaws!" the gunner exclaimed with a silly smile.

Peter settled on the mast and, from there, kept making fun of the gunner to provoke him, but the gunner, in a rush of fury, fired and hit the mast.

There wasn't any problem, since Peter flew away, as if nothing had happened.

On the other hand, the ship was out of order, the gunner had to jump overboard and Hook became so upset he got sick.

¡A LIMPIAR, AMIGOS!

Hoy es un buen día para limpiar la casa", pensó Pooh, "está lloviendo a cántaros y, por lo que se ve, no parará en toda la mañana".

Cuando se dirigía a la cocina para tomar el plumero y la escoba, alguien llamó a la puerta; era Conejo que pasaba por ahí y quiso aprovechar para saludar a su amigo:

—Hola, Pooh, buenos días. ¿Qué haces?

—¡Conejo, qué gusto verte! Estoy limpiando la casa, pero pasa, pasa.

—Gracias, Pooh, eres muy amable, pero no quiero interrumpirte. En todo caso, podría ayudarte a barrer, así nos divertiremos juntos y terminarás más rápido.

—¡Excelente idea! Mientras tú barres, yo sacudo —respondió Pooh muy animado.

De pronto, alguien llamó a la puerta. Era Igor:

—Buenos días, Pooh. Como sigue lloviendo, me imaginé que no saldrías a jugar y quise pasar a saludarte.

—Muchas gracias, Igor. ¿Quieres pasar?

—Gracias, muchas gracias. Veo que Conejo y tú están limpiando. ¿Puedo ayudarlos?

—¡Claro que sí! Toma una escoba, tú barre el comedor mientras yo aseo la cocina. Con amigos como ustedes las labores domésticas se vuelven divertidas. ¡Muchas gracias!

LET'S CLEAN UP, FRIENDS!

Today is a good day for cleaning the house," Pooh thought. "It's pouring down and by the looks of it, it won't stop all morning long."

While he was going to the kitchen to get the feather duster and the broom, someone knocked on the door. It was Rabbit, who was passing by and took the opportunity to greet his friend.

"Hello, Pooh, good morning. What are you doing?"

"Rabbit, how nice to see you! I'm cleaning the house, but come in, come in."

"Thank you, Pooh, you're very kind, but I don't want to interrupt you. In any case, I could help you sweep, that way we'll have fun together and you'll finish faster."

"Excellent idea! While you sweep, I'll dust," Pooh said brightly.

Suddenly, someone knocked on the door. It was Eeyore.

"Good morning, Pooh. Since it's still raining, I imagined you wouldn't come out to play and I wanted to drop by and say hello to you."

"Thanks a lot, Eeyore. Do you want to come in?"

"Thank you, thank you very much. I see you and Rabbit are cleaning. Can I help you?"

"Of course! Take a broom and sweep the dining room while I clean the kitchen. With friends like you domestic chores become fun. Thank you!"

CUALQUIERA PUEDE COCINAR

Auguste Gusteau, el chef más famoso de Francia, propietario del restaurante Gusteau's, murió poco después de recibir un comentario desfavorable de Ego, el crítico culinario más influyente de París. Aun así, el establecimiento era frecuentado por los paladares más exigentes, incluyendo a Remy, una rata *gourmet* que deseaba convertirse en chef, como su héroe Gusteau. Remy llegó a París a través del desagüe y, desde entonces, el fantasma de Gusteau se le aparecía con frecuencia y lo animaba a ejercer su talento culinario.

—*Oh, là, là*, Remy, ¿no te gustaría ser el chef más famoso de París? Vamos, tienes un gran talento. Linguini te ayudará, ya verás. Éste es tu restaurante, *oui, oui*.

—Gusteau, deja de hablarme, eres producto de mi imaginación. Soy una rata, la gente jamás me aceptará, aunque cocinara verdaderos manjares.

—*Oh, là, là*. Eres un artista de la comida. Piensa en una receta sencilla pero sorprendente. El *ratatouille*, por ejemplo, *mon ami*.

—Mmm, tienes razón, ¡cualquiera puede cocinar! Soy una rata, pero mi gusto por la buena comida no tiene límites. ¡*Ratatouille*!, sí.

En efecto, el *ratatouille* era la mejor interpretación de Remy de la comida francesa y, por concidencia, quién más apreciaba este platillo era el inflexible Ego. *Oh, là, là*, diría Gusteau.

ANYBODY CAN COOK

Auguste Gusteau, France's most famous chef and owner of the Parisian restaurant Gusteau's, died shortly after receiving an unfavourable comment from Ego, Paris' most influential culinary critic. In spite of this, the establishment was frequented by the most demanding palates, including Remy, a gourmet rat who wanted to become a chef, like his hero Gusteau. Remy got to Paris through the drain pipes and after that, Gusteau's ghost appeared to him frequently and motivated him to exercise his culinary talent.

"Oh, là, là, Remy, wouldn't you like to be the most famous chef in Paris? Come on, you've got a great talent. Linguini will help you, you'll see. This is your restaurant, oui, oui."

"Gusteau, stop talking to me, you're a product of my imagination. I'm a rat, people will never accept me, even if I cooked real delicacies."

"Oh, la, la. You're a food artist. Think of a simple but surprising recipe. Ratatouille, for example, mon ami."

"Hmmm, you're right, anybody can cook! I'm a rat, but my liking for good food knows no limits. Ratatouille, yes!"

To be truthful, ratatouille was Remy's best interpretation of French cooking and, by coincidence, the person who most appreciated this dish was the inflexible Ego.

"Oh, la, la," Gusteau would say.

13

SUPERHERMANOS

Como todos los hermanos, Violeta y Dash a veces discuten y se pelean, la diferencia es que ellos ponen en juego sus superpoderes.

Cuando Dash molesta a su hermana y sale corriendo, Violeta difícilmente puede alcanzarlo para darle su merecido.

Sin embargo, Dash siempre pierde cuando juega a los almohadazos porque su hermana se protege con su campo de fuerza.

Ambos hermanos les llevan ventaja a sus amigos, o sea que nadie se atreve a competir con Dash en velocidad, ya que ¡él corre muy rápido!; y nadie quiere jugar al escondite con Violeta porque cuando se vuelve invisible ¡es imposible encontrarla!

Pero si se trata de jugar en equipo, todos quieren tenerlos como integrantes, ¡porque siempre ganan!

SUPERBROTHERS

As all brothers do, sometimes Violet and Dash discuss and fight; the difference is that they bring their superpowers into play.

When Dash bothers his sister and runs away, Violet has difficulties catching up with him to give him his due.

However, Dash always loses when he plays pillow fights, because his sister protects herself with her force field.

Both brothers have an advantage over their friends, because nobody dares compete with Dash in speed, since he runs very fast! And nobody wants to play hide and seek with Violet because when she becomes invisible it's imposible to find her!

But if you're talking about team playing, everybody wants to have them on their teams, because they always win!

LA MARIPOSA

Bambi no puede creer lo que ven sus ojos! Para él todo es asombroso: las flores, la hierba, los árboles, el viento…

Apenas está abriendo los ojos a la vida, por eso se detiene a cada paso para satisfacer su curiosidad: "¿Qué será esa cosa de colores que se acerca a mi nariz?", se pregunta sorprendido y, como si su intención fuera responderle, la "cosa" le dice:

—Hola, pequeño. Permíteme presentarme: soy Mari, la mariposa.

—¡Qué bonita eres! ¡Qué lindos colores!

—Gracias, aunque no siempre he sido como me ves ahora, hasta hace poco era una oruga: un gusano.

—¿Gusano? Sí, los conozco y, en efecto, no te pareces nada a ellos.

—A veces uno cambia mucho cuando crece. Por ejemplo, tú te convertirás en un gran ciervo, con largas astas.

—¿Y eso cuándo sucederá?

—Muy pronto, el tiempo pasa volando… Como las mariposas, pequeño.

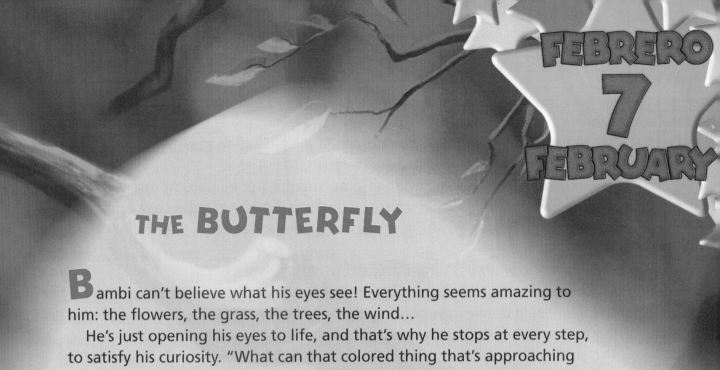

THE BUTTERFLY

Bambi can't believe what his eyes see! Everything seems amazing to him: the flowers, the grass, the trees, the wind…

He's just opening his eyes to life, and that's why he stops at every step, to satisfy his curiosity. "What can that colored thing that's approaching my nose be?" he asks himself surprisedly. And, as if the "thing's" intention were to answer him, it says:

"Hello, little one. Allow me to introduce myself. I'm Mary, a butterfly."

"How pretty you are! What nice colors!"

"Thank you, though I've not always been like you see me now. Until a short time ago I was a caterpillar which is like a worm.

"Worm? Yes, I know them. And, yes, you don't look anything like them."

"Sometimes one changes a lot when one grows up. For example, you'll become a great stag, with long antlers."

"And when will that happen?"

"Very soon, time flies… Like butterflies, little one."

TRAMPA PARA GLOTONES

Simba pasó toda la mañana jugando en la selva. Se le pasó el tiempo volando y, cuando se dio cuenta, ya era muy tarde.

Creyó que Timón y Pumba estarían preocupados por él, pero no fue así. Pumba se había metido en un tronco para atrapar gusanos y llevaba varias horas tratando de salir de ahí. Timón estuvo tratando sacarlo, pero no lo logró.

Cuando llegó Simba, a Timón se le ocurrió una idea:

—¡Ya sé! Vamos a rodar el tronco hasta la orilla del estanque donde está el banano. Ahí haremos que Pumba tome agua y coma plátanos hasta que su estómago se infle y reviente el tronco.

—Oye, Timón, no me gustan los plátanos. Además, si tu idea no funciona va a ser peor; estaré aplastado e indigesto. Mejor pensemos en otra cosa —dijo Pumba algo nervioso.

—¡Tonterías, es una idea genial! —dijo Timón. Vamos, Simba, ayúdame a rodarlo.

Por fortuna para Pumba, el tronco se rompió cuando lo llevaban por un tramo de terreno pedregoso.

TRAP FOR GLUTTONS

Simba spent all morning playing in the jungle. Time flew by and when he realized it, it was very late.

He thought that Timon and Pumbaa would be worried about him, but it wasn't so. Pumbaa had crawled into a tree trunk to catch worms and he had been trying to get of there for hours. Timon had been trying to get him out, but he couldn't do it.

When Simba arrived, Timon had an idea.

"I know! Let's roll the trunk up to the edge of the pond where the banana tree is. That way we'll make Pumbaa drink water and eat bananas until his stomach expands and the trunk cracks open."

"Hey, Timon, I don't like bananas. Furthermore, if your idea doesn't work things will get worse; I'll be crushed and have indigestion. Let's think of something else," Pumbaa said, somewhat nervously.

"Rubbish, it's a great idea!" Timon said. "Come on, Simba, help me roll him."

Luckily for Pumbaa, the trunk cracked when they were moving it over a stretch of rocky ground.

VIDA DE DÁLMATA

Ya no falta mucho para la hora de la comida, los cachorritos lo saben y, aunque Anita todavía no ha puesto la mesa, los pequeños van reuniéndose poco a poco en el comedor con la esperanza de obtener algún bocadillo. Su presencia es cada vez más notoria: mueven las sillas, arrugan las alfombras y el mantel… Lentamente llega el ruido, el desorden y la alegría. Pongo y Perdita tratan de controlarlos, ¡pero sus ladridos crean un verdadero escándalo canino! Anita sale de la cocina y coloca en el patio varios platos con comida para perros; sin embargo, en cuanto terminan de comer, los cachorros regresan al comedor con las patas sucias y dejan huellas de lodo que conducen al comedor y terminan en el mantel.

Para Anita eso no es molesto, está encantada con los cachorritos; ya sabe que tendrá que limpiar, pero eso es parte de la diversión. Los pequeños son tan tiernos y alegres que para ella lo importante es disfrutar de su compañía. Los dálmatas son muy juguetones y sus travesuras siempre resultan simpáticas. El comedor está lleno de huellas y manchas, ¡pero de dálmata!

DALMATIAN'S LIFE

It will soon be lunchtime. The puppies know it and, though Anita still hasn't set the table, the little ones slowly gather in the dining room, hoping to get a bite of something. Their presence is more and more notorious… they move the chairs, they wrinkle the rugs and the tablecloth… Slowly, noise, disorder and happiness arrive. Pongo and Perdita try to control them, but their barks contribute to create a true canine scandal. Anita comes out of the kitchen and puts several plates with dog food in the yard; however, as soon as they've finished eating, the puppies come back to the dining room with dirty paws, and that leaves mud tracks that lead to the dining room and end on the tablecloth.

Anita doesn't mind, she's charmed by the puppies; she knows she'll have to clean up, but that's part of the fun. The little ones are so cute and happy that for her, the important thing is to enjoy their company. The Dalmatians are very playful and their mischief is always amusing. The dining room is full of tracks and spots, but they're Dalmatian!

LA MOCHILA DE GOOFY

Hoy es el primer día de clases para Goofy; aunque ya es mayorcito, quiere aprender a leer y escribir.

Mickey lo acompaña para evitar que se pierda en el camino, no vaya a ser que termine nadando en la fuente o que se confunda y pretenda tomar la clase de matemáticas en el mercado.

De pronto, Mickey pisa una libreta y tropieza con un libro:

—¡Goofy, no cerraste bien la mochila! Se están saliendo tus útiles; espera, hay que recogerlos.

Pero como Goofy está muy distraído pensando en la escuela, no escucha a Mickey y la mochila se vacía por completo. Por fortuna, Mickey ya ha recogido varias cosas, pero no encuentra los lápices.

Goofy mira hacia atrás y le pregunta a Mickey:

—¿Qué haces? De seguro estaba abierta tu mochila, debes fijarte muy bien antes de salir de casa…

GOOFY'S SCHOOLBAG

Today is the first day of school for Goofy. Though he's quite grown up, he wants to learn to read and write.

Mickey goes with him so he doesn't get lost on the way, or end up swimming in the fountain or getting confused and trying to take mathematics class at the market.

Suddenly, Mickey steps on a notebook and trips on a book:

"Goofy, you didn't close your schoolbag properly! Your school materials are falling out; wait, we've got to pick them up."

But since Goofy is too distracted, thinking about school, he doesn't hear Mickey and the schoolbag empties completely. Fortunately, Mickey has already picked up several things, but he can't find the pencils.

Goofy looks behind and asks Mickey:

"What are you doing? I bet your schoolbag was open. You should take a good look before leaving home…"

23

¡NO ERA MI IMAGINACIÓN!

Después del baile que ofrecieron sus padres, Aurora y Felipe salieron a caminar por los jardines del palacio. El Príncipe le contó a la Princesa cómo fue que, el día que se conocieron en el bosque, los animalitos encontraron su capa, sus botas y su sombrero.

—Sansón, mi caballo, sin querer me tiró al agua al saltar un riachuelo. Puse a secar mi ropa y, cuando me di cuenta, había desaparecido. De pronto vi que los animalitos la estaban usando para imitar la silueta de un apuesto príncipe, con el cual tú imaginabas estar bailando. Entonces me acerqué a ti.

—Sí, lo recuerdo, en ese momento nos conocimos. Ahora entiendo de dónde sacaron mis amiguitos las botas, el sombrero y la capa —dijo Aurora mientras se adelantaba un poco para aproximarse a Sansón.

—¿Sabes, caballito? Me divertí mucho bailando con los animalitos disfrazados de príncipe. Por un momento creí que eso estaba sucediendo en realidad y, por increíble que pareciera, ¡el príncipe estaba ahí, a mi lado, cantando conmigo! Bueno, tú también lo viste.

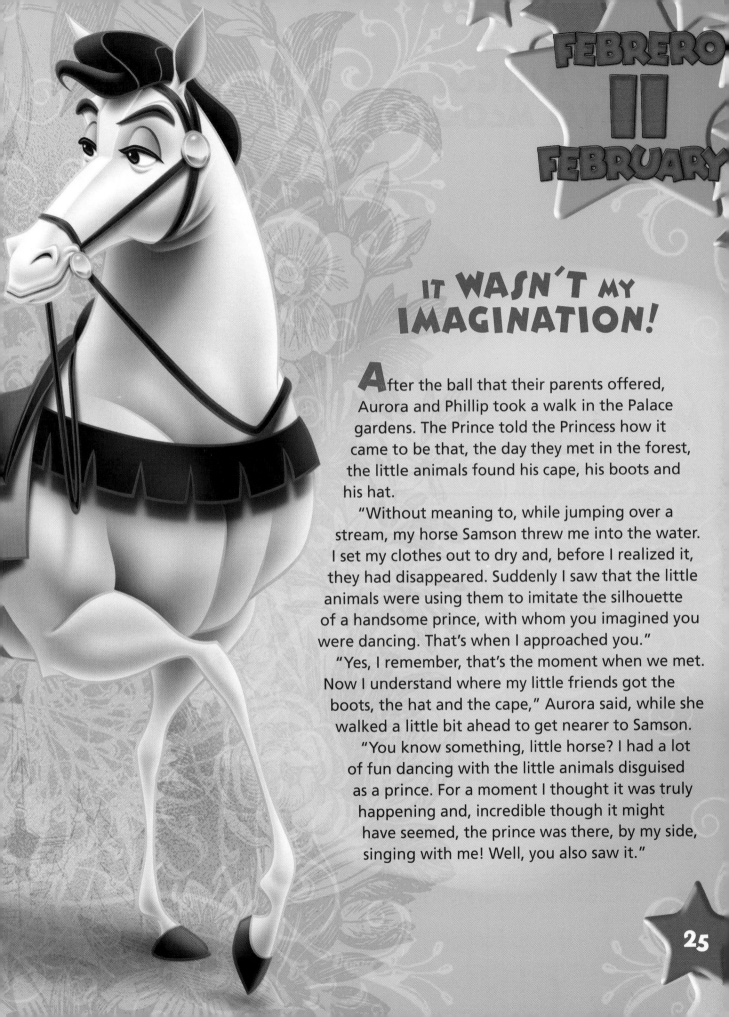

IT WASN'T MY IMAGINATION!

After the ball that their parents offered, Aurora and Phillip took a walk in the Palace gardens. The Prince told the Princess how it came to be that, the day they met in the forest, the little animals found his cape, his boots and his hat.

"Without meaning to, while jumping over a stream, my horse Samson threw me into the water. I set my clothes out to dry and, before I realized it, they had disappeared. Suddenly I saw that the little animals were using them to imitate the silhouette of a handsome prince, with whom you imagined you were dancing. That's when I approached you."

"Yes, I remember, that's the moment when we met. Now I understand where my little friends got the boots, the hat and the cape," Aurora said, while she walked a little bit ahead to get nearer to Samson.

"You know something, little horse? I had a lot of fun dancing with the little animals disguised as a prince. For a moment I thought it was truly happening and, incredible though it might have seemed, the prince was there, by my side, singing with me! Well, you also saw it."

25

LOS AMIGOS DE RAYO McQUEEN

Mate es la única grúa disponible en Radiador Springs. A pesar de su oxidada apariencia, es la grúa más rápida del Condado Carburador y siempre encuentra el lado bueno de cualquier situación, por difícil que sea. Cuando Rayo McQueen cayó en una zanja del desierto, Mate acudió en su auxilio para sacarlo de ahí.

Doc Hudson, un coche de pocas palabras, también ha sido un buen amigo de Rayo McQueen, sus consejos han sido de gran utilidad. Doc es el juez y también es doctor. Ha ayudado a muchos carros a solucionar muchos problemas. Todos lo respetan porque ha salvado más de una vida.

Luigi, el italiano dueño de la tienda de neumáticos, también es un buen amigo de Rayo McQueen. Como fanático de las carreras de autos, siempre soñó con conocer a Rayo ¡y al fin lo consiguió!

LIGHTNING McQUEEN'S FRIENDS

Mater is the only available towtruck in Radiator Springs. In spite of his rusty appearance, he's the fastest towtruck in Carburetor County and he always sees the good side of any situation, no matter how difficult it might be. When Lightning McQueen fell into a gully in the desert, Mater went to help him and got him out of it.

Doc Hudson, a car of few words, has been a good friend of Lightning McQueen; his advice has been really useful. Doc is the town's judge, and he's also a doctor. He has helped a lot of cars solve a lot of problems. Everybody respects him because he's saved more than one life.

Luigi, the Italian owner of the tire shop, is also a good friend of Lightning McQueen. Being a car race fanatic, he always dreamed of meeting Lightning, and he finally did!

27

NO A TODOS LES GUSTA LO MISMO

Los días lluviosos pueden ser tristes y aburridos, pero todo depende del cristal con que se miren. Al menos eso cree Pooh, por eso tomó su paraguas y salió con Puerquito a dar un paseo por el campo.

Sin embargo, Puerquito no está muy convencido de la diversión que puede haber en una tarde lluviosa, porque no le gusta mojarse los pies.

Quizá si tuviera unas botas de goma podría disfrutarlo, pero está descalzo.

Por el contrario, Tigger no necesita ni paraguas ni impermeable, le encanta sentir la lluvia hasta empaparse.

Pooh intenta animar a Puerquito:

—Mira, yo también estoy descalzo y no pasa nada. Es más, metámonos en el charco, ¡vamos! Nos divertiremos en grande.

—Pooh, entiende: me parece muy bien que te mojes, pero a mí me disgusta mucho, es una sensación muy desagradable, prefiero irme a casa.

—Está bien, te comprendo, no todos disfrutamos de las mismas cosas, te acompaño.

NOT EVERYBODY LIKES THE SAME THINGS

Rainy days can be sad and boring, but it all depends on the glass you see them through. At least that's what Pooh thinks. That's why he took his umbrella and went out with Piglet for a stroll in the country.

Piglet, however, is not very convinced of the fun that might be had on a rainy afternoon, because he doesn't like to get his feet wet.

Maybe if he had some rubber boots he might enjoy it, but he's barefoot.

On the contrary, Tigger doesn't need an umbrella or a raincoat. He loves to feel the rain until he's soaked.

Pooh tries to encourage Piglet:

"Look, I'm also barefoot and nothing happens. What's more, let's get into the puddle. Come on! We'll really have fun."

"Pooh, understand. It's fine with me if you get wet, but I don't like it at all, it's a very disagreeable sensation, I'd rather go home."

"All right, I understand. We don't all enjoy the same things, I'll come with you."

29

¿UN SUEÑO INALCANZABLE?

A pesar de que ha perdido la voz, este día es especial para Ariel porque está bailando con Éric. ¿Qué mejor regalo en el Día de San Valentín?

Parece que su sueño por fin se está haciendo realidad, lástima que no pueda decirle a su amado que ella fue quien lo salvó de ahogarse.

El pacto que Ariel firmó con Úrsula estipula que su apariencia humana sólo durará tres días y éste es el primero.

Le queda poco tiempo para conquistar a Éric, si no lo consigue se convertirá en esclava de Úrsula.

Sin embargo, Ariel confía en que logrará su propósito, por eso está tan contenta. El amor que siente por Éric es tan grande que superará todas las pruebas, incluyendo los maleficios de Úrsula.

El baile apenas ha comenzado y ¡Ariel se ha propuesto disfrutar cada minuto con su amado Príncipe!, lo que no será fácil teniendo en cuenta que no puede pronunciar una sola palabra y que Úrsula es una tramposa.

¿Logrará Ariel alcanzar su más preciado sueño?

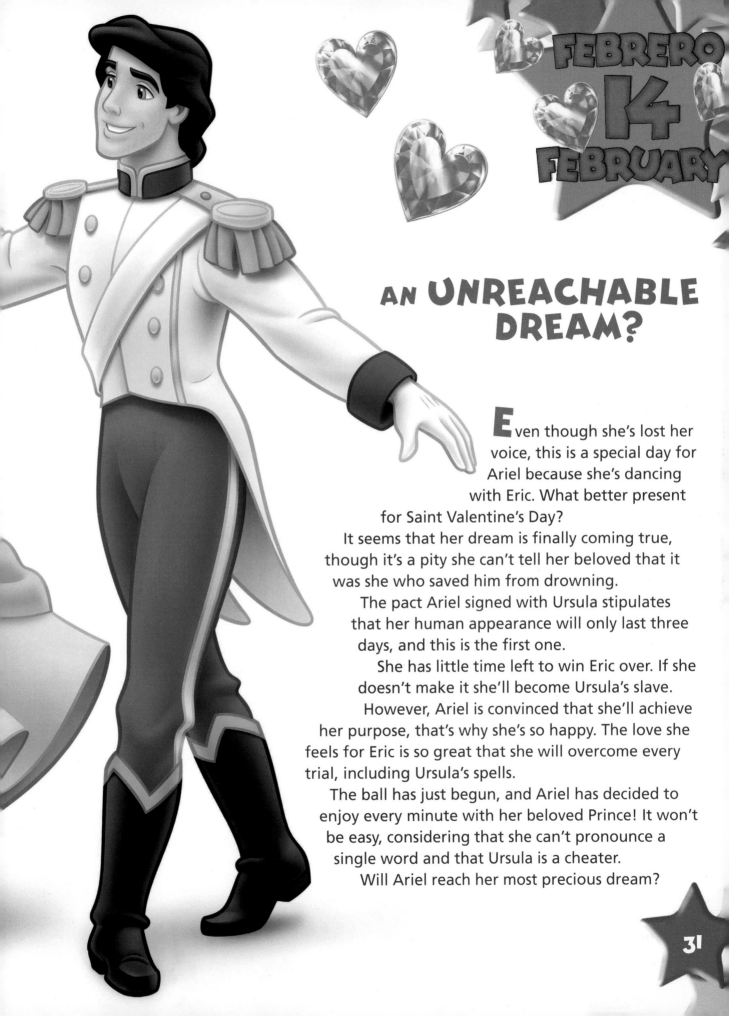

AN UNREACHABLE DREAM?

Even though she's lost her voice, this is a special day for Ariel because she's dancing with Eric. What better present for Saint Valentine's Day?

It seems that her dream is finally coming true, though it's a pity she can't tell her beloved that it was she who saved him from drowning.

The pact Ariel signed with Ursula stipulates that her human appearance will only last three days, and this is the first one.

She has little time left to win Eric over. If she doesn't make it she'll become Ursula's slave.

However, Ariel is convinced that she'll achieve her purpose, that's why she's so happy. The love she feels for Eric is so great that she will overcome every trial, including Ursula's spells.

The ball has just begun, and Ariel has decided to enjoy every minute with her beloved Prince! It won't be easy, considering that she can't pronounce a single word and that Ursula is a cheater.

Will Ariel reach her most precious dream?

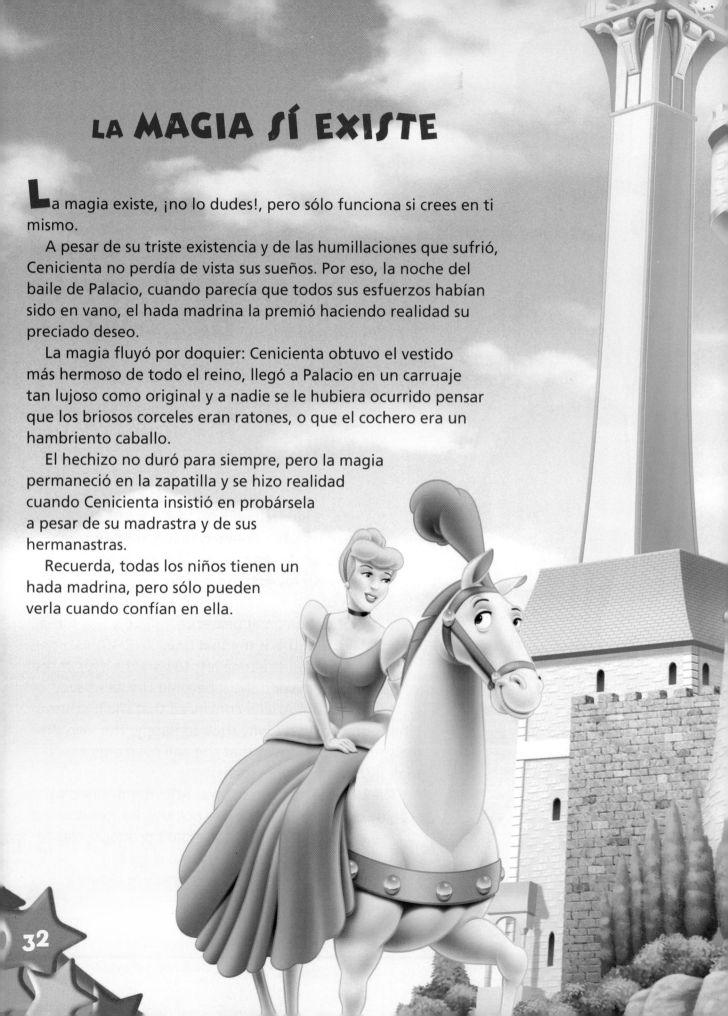

LA MAGIA SÍ EXISTE

La magia existe, ¡no lo dudes!, pero sólo funciona si crees en ti mismo.

A pesar de su triste existencia y de las humillaciones que sufrió, Cenicienta no perdía de vista sus sueños. Por eso, la noche del baile de Palacio, cuando parecía que todos sus esfuerzos habían sido en vano, el hada madrina la premió haciendo realidad su preciado deseo.

La magia fluyó por doquier: Cenicienta obtuvo el vestido más hermoso de todo el reino, llegó a Palacio en un carruaje tan lujoso como original y a nadie se le hubiera ocurrido pensar que los briosos corceles eran ratones, o que el cochero era un hambriento caballo.

El hechizo no duró para siempre, pero la magia permaneció en la zapatilla y se hizo realidad cuando Cenicienta insistió en probársela a pesar de su madrastra y de sus hermanastras.

Recuerda, todas los niños tienen un hada madrina, pero sólo pueden verla cuando confían en ella.

MAGIC DOES EXIST

Magic exists, don't doubt it! But it only works if you believe in yourself.

In spite of her sad existence and the humiliations she endured, Cinderella didn't lose sight of her dreams. That is why, on the night of the ball at the palace, when it seemed that all her efforts had been in vain, the Fairy Godmother rewarded her, making her dearest dream come true.

Magic flowed everywhere: Cinderella got the most beautiful dress in all the kingdom, she arrived at the Palace in a carriage both luxurious and original, and no one would have thought that the spirited horses were mice, or that the coachman was a hungry horse.

The spell didn't last forever, but the magic endured in the slipper and became reality when Cinderella insisted on trying it on in spite of her stepmother and her stepsisters.

Remember, all children have a fairy godmother, but they can only see her when they trust in her.

VISIÓN EN ALTA MAR

Jack Sparrow vigilaba el horizonte, al timón del *Perla Negra*. Llevaba a Elizabeth a reunirse con su novio.

De pronto, ¡vio el barco que más ansiaba poseer!

—¡*El Holandés Errante*, con Davy Jones! —gritó Jack—. ¡Preparen los cañones, vamos al abordaje!

—¿Estás loco? —gritó Elizabeth, y le disparó a Jack, ¡pero erró el tiro!

—¿Por qué hiciste eso? —dijo Jack.

—¡Davy Jones es peligroso! ¡Acercarse a él es perdición segura!

—Quien destruya a Davy será capitán del *Holandés Errante*, ¡y será INMORTAL! —dijo Jack—. ¡Eso quiero!

—¡Te detendré! —dijo ella, alzando su sable.

—¡Cuidado! —dijo Jack—. ¡Mi pistola sigue cargada!

Entonces, pareció esfumarse la nave del más allá, con su misterioso capitán.

—¡Era un espejismo! —dijo Elizabeth.

—¿Quién sabe? —dijo Jack—. ¿No oyes, en el viento, la risa de ese capitán errante e inmortal? Algún día, ¡lo alcanzaré!

VISION ON THE HIGH SEAS

Jack Sparrow watched the horizon, at the helm of *The Black Pearl*. He was taking Elizabeth to join her boyfriend.

Suddenly, he saw the ship he most wanted to posess!

"*The Flying Dutchman*, with Davy Jones!" Jack shouted. "Prepare the guns, we'll board her!"

"Are you crazy?" shouted Elizabeth, and shot at him, but she missed!

"Why did you do that?" said Jack.

"Davy Jones is dangerous! To approach him is assured ruin!"

"Whoever destroys Davy will be captain of *The Flying Dutchman*, and he'll be INMORTAL!" said Jack. "That's what I want!"

"I'll stop you!" she said, raising her saber.

"Be careful!" said Jack. "My pistol is still loaded!"

Just then, the ship from beyond this world seemed to vanish, with her mysterious captain.

"It was just a mirage!" Elizabeth said.

"Who knows?" said Jack. "Can't you hear, on the wind, the laughter of that wandering and inmortal captain? I'll catch him, someday!"

REVANCHA...
¡IMPOSIBLE!

Ya era verano, y Mickey y Donald corrieron a llenar sus fichas del sorteo para formar equipos.

—¡Tendré mi revancha, Donald! —dijo Mickey—. La otra vez, al final del juego de soccer, hubo un apagón ¡justo cuando metí un gol!

—¡Quedó en duda! —gritó Donald—. Al volver la corriente, ¡el balón estaba afuera de la portería! Y el apagón alteró el tablero electrónico. ¡Íbamos 5-5, y marcaba 0-0!

—Y yo era el árbitro —dijo Goofy—, ¡y autoricé 15 minutos más de juego!

—¡Y volvimos a empatar! —dijo Mickey—. ¡No es justo!

—¡No te quejes! —exclamó Donald—. Ahora, en futbol americano, ¡te daré una paliza!

—¡Sueñas! —repuso Mickey.

—¡Calma! —dijo Goofy—. Vuelvo a ser árbitro, ¡y les tengo una noticia importante!

—¿Qué noticia? —gritaron los dos rivales.

—¡Su desempate tendrá que esperar! En el sorteo, ¡quedaron los DOS en EL MISMO EQUIPO!

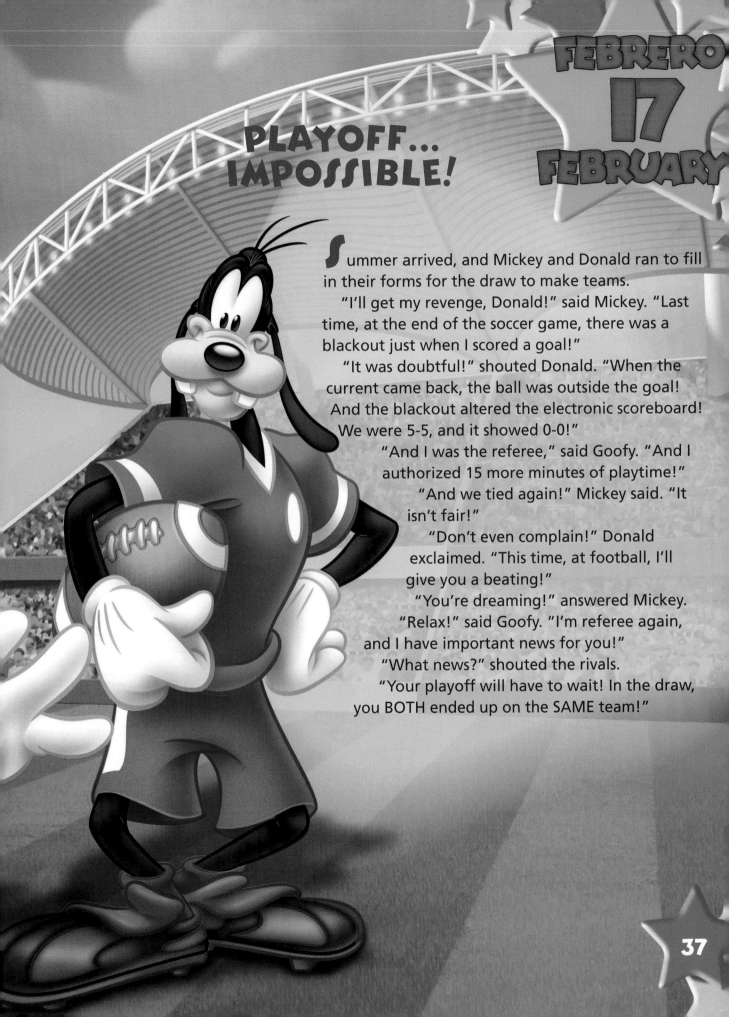

PLAYOFF...
IMPOSSIBLE!

Summer arrived, and Mickey and Donald ran to fill in their forms for the draw to make teams.

"I'll get my revenge, Donald!" said Mickey. "Last time, at the end of the soccer game, there was a blackout just when I scored a goal!"

"It was doubtful!" shouted Donald. "When the current came back, the ball was outside the goal! And the blackout altered the electronic scoreboard! We were 5-5, and it showed 0-0!"

"And I was the referee," said Goofy. "And I authorized 15 more minutes of playtime!"

"And we tied again!" Mickey said. "It isn't fair!"

"Don't even complain!" Donald exclaimed. "This time, at football, I'll give you a beating!"

"You're dreaming!" answered Mickey.

"Relax!" said Goofy. "I'm referee again, and I have important news for you!"

"What news?" shouted the rivals.

"Your playoff will have to wait! In the draw, you BOTH ended up on the SAME team!"

EL SECRETO DEL COFRE

Llegamos a la bahía secreta —le dijo el Capitán Garfio a su asistente el Sr. Smee—. ¡Y sin ver al odioso Peter Pan!

Según una leyenda, allí hay un tesoro fabuloso. Dos piratas cavaron en una cueva oscura.

—¡Aquí está! —gritaron.

A bordo, al abrir el cofre, ¡oh, sorpresa! ¡Sólo contenía vestidos de baile!

—Pero, ¿dónde está el tesoro? —rugió Garfio.

Los piratas tiraron los vestidos al mar. El Sr. Smee leía un viejo pergamino que cayó del cofre.

Garfio ordenó:

—¡Tiren el cofre también!

—¡NO! —gritó el Sr. Smee.

¡SPLASH!

El cofre se hundió en el mar.

—¿Te atreves a contradecirme, gusano? —dijo Garfio.

Pálido, el Sr. Smee, balbuceó:

—Por fin leí el pe-pergamino. Dice que el tesoro, ¡era el cofre mismo!

Sí, el legendario baúl era de oro puro, pintado de gris hierro, pero ahora, ¡nadie lo rescataría jamás del fondo del mar!

THE *SECRET* OF THE *CHEST*

We got to the secret bay," said Captain Hook to his assistant Mr. Smee. "And without seeing that hateful Peter Pan!"

According to a legend, there is a fabulous treasure there.

Two pirates dug in a dark cave.

"Here it is!" they shouted.

Aboard ship, when they opened the chest, O surprise! It only had dresses inside!

"But, where is the treasure?" roared Hook.

The pirates threw the dresses into the sea. Mr. Smee was reading an old parchment that fell from the chest.

"Throw away the chest too!" ordered Hook.

"NO!" shouted Mr. Smee.

SPLASH!

The chest sank into the sea.

"You dare to contradict me, worm?" said Hook.

Pale, Mr. Smee stuttered. "I finally read the pa-parchment! It says that the treasure was the chest itself!"

Yes, the legendary chest was of pure gold, painted iron gray, but now, no one would ever rescue it from the bottom of the sea!

39

PELIGRO EN LA SELVA

Pumba y Timón jugaban con su nuevo amigo, Simba.

—Después de cruzar el desierto, esto es un paraíso —dijo Simba.

A lo lejos, se oyó un murmullo sordo.

—¿Qué será? —dijo Timón, mirando por entre las ramas—. ¡PELIGRO! —gritó—. ¡Vienen miles de hormigas rojas! ¡Se comerán toda la hierba!

—¡Y también los frutos y las hojas de los árboles! —dijo Pumba—. ¡No quedará nada, y no tendremos qué comer!

¡Tenían que hacer algo!

—¡Rodemos ese tronco caído hacia las hormigas! —gritó Simba—. ¡Quizá cambien de dirección!

—¡Pero pasan encima de todo! —dijo Timón.

—La peor lucha es la que no se hace —dijo Pumba.

—¡Empujemos! —dijo Simba.

Con gran esfuerzo, ¡rodaron el tronco hacia las hormigas!

—¡Viva! —grito Simba—. ¡Toman otro rumbo!

—Eres muy joven, ¡pero ésa fue una idea digna de un rey! —dijo Pumba.

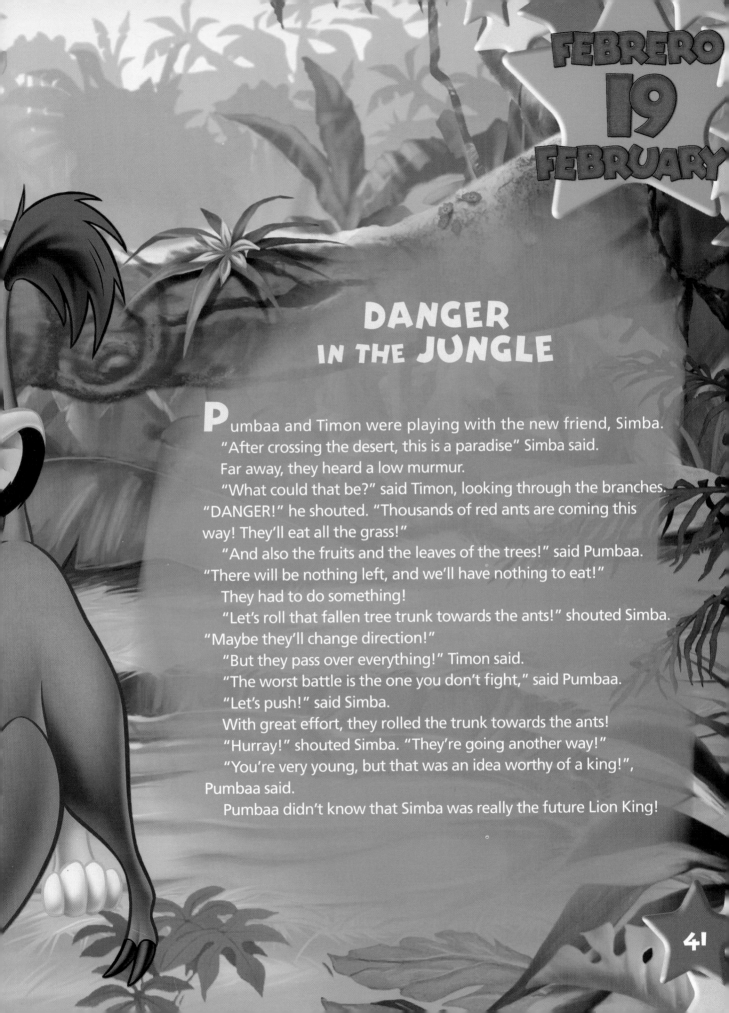

DANGER IN THE JUNGLE

Pumbaa and Timon were playing with the new friend, Simba.
"After crossing the desert, this is a paradise" Simba said.
Far away, they heard a low murmur.
"What could that be?" said Timon, looking through the branches.
"DANGER!" he shouted. "Thousands of red ants are coming this way! They'll eat all the grass!"
"And also the fruits and the leaves of the trees!" said Pumbaa.
"There will be nothing left, and we'll have nothing to eat!"
They had to do something!
"Let's roll that fallen tree trunk towards the ants!" shouted Simba.
"Maybe they'll change direction!"
"But they pass over everything!" Timon said.
"The worst battle is the one you don't fight," said Pumbaa.
"Let's push!" said Simba.
With great effort, they rolled the trunk towards the ants!
"Hurray!" shouted Simba. "They're going another way!"
"You're very young, but that was an idea worthy of a king!", Pumbaa said.
Pumbaa didn't know that Simba was really the future Lion King!

MÁS Y MÁS PASTEL

Había mucha actividad en la casa de Pooh.

—¡Cuando estoy feliz me da mucha hambre! —dijo Pooh.

—A mí también —dijo Puerquito mezclando huevos y leche con harina para hacer un pastel de miel.

—¡Energía para saltar! —dijo Tigger, batiendo ollas de masa.

Por fin, metieron el gran molde al horno y comenzó a inflarse. Todos sonreían.

Pero algo preocupó a Pooh.

—Puerquito, ¿leíste bien la receta?

—¿Por qué preguntas? —contestó.

—Porque… ¡AUXILIO! ¡Huyamos! —gritó Pooh—. ¿No ven que el pastel no deja de crecer?

¡BUUUM!

Inflándose más y más, ¡el pastel reventó el horno e invadió la casa!

Afuera, los tres amigos atónitos miraban el delicioso fenómeno. ¡Se desbordaba por la puerta y las ventanas!

—¡Cielos! —dijo Pooh—. Hay buen clima, y podremos dormir afuera. ¡Pero habrá que comer mucho pastel para volver a entrar a casa!

MORE AND MORE CAKE

There was a lot of activity in Pooh's house.

"When I'm happy I get really hungry!" said Pooh.

"Me too," said Piglet, mixing eggs and milk with flour for baking a honey cake.

"Energy for jumping!" said Tigger, beating pots of cake mix.

At last, they put the big mold in the oven, and it started to swell. They were all smiling.

But something worried Pooh.

"Piglet, did you read the recipe correctly?"

"Why do you ask?" he answered.

"Because… HELP! Let's flee!" shouted Pooh. "Can't you see the cake doesn't stop growing?"

BOOOM!

Swelling more and more, the cake burst the oven and invaded the house!

Outside, the three amazed friends watched the delicious phenomenon.

Cake overflowed through the door and the windows!

"Heavens!" said Pooh. "The weather is good, and we can sleep outside. But we'll have to eat a lot of cake to get back into the house!"

43

TODO SE VE IGUAL

La Bestia hizo un viaje para comprar caballos, y hubo una gran tormenta.

—¡Todo en casa está roto y mojado! —murmuró Bella—. ¡Y la Bestia regresa en tres días!

Tomó una escoba, y les dijo a todos:

—¡A trabajar!

—¡A la cocina, Chip! —dijo la Sra. Potts.

—¡A reparar techos y ventanas! —dijeron Lumiere y Din Don.

Y, al alba del segundo día, ¡habían reparado todo!

Bella, en harapos, sucia y cansada, parecía un desastre. ¡Y no tenía ropa limpia para el recibimiento!

Cayó en un profundo sueño.

Al despertar, vio un hermoso vestido nuevo y se lo puso. ¡Lucía bellísima!

"Mis amigos lograron este milagro", pensó. "¡Ahora sí, todo está listo!"

En la sala, oyó una voz inesperada:

—¿Te gustó tu nuevo vestido? ¡Regresé anoche!

¡Bella abrazó a la Bestia!

—Temía tu regreso —le dijo—. Porque…

—¿Por qué? Todo se ve igual, menos tú. ¡Estás más hermosa que nunca!

EVERYTHING LOOKS THE SAME

The Beast made a trip to buy horses, and there was a big storm.

"Everything in the house is broken and wet!" murmured Belle. "And the Beast will be back in three days!"

She grabbed a broom and told everyone:

"To work!"

"To the kitchen, Chip," said Mrs. Potts.

"We'll repair roofs and windows!" said Lumière and Cogsworth.

At dawn, on the second day, they had fixed everything!

Belle, in rags, dirty and tired, looked like a disaster. And she had no clean clothes for the homecoming!

When she awoke, she saw a pretty new dress, and put it on. She looked beautiful!

"My friends achieved this miracle", she thought. "Now, everything is ready!

In the hall, she heard an unexpected voice.

"You liked your new dress? I came back last night!

She embraced the Beast!

"I feared your return," she said. "Because…"

"Why? Everything looks the same, except you. You're more beautiful than ever!"

MANCHAS Y COMEZONES

Roger y Anita fueron al veterinario con Pongo, Perdita y 13 de sus 15 cachorros. Todos tenían comezón, excepto dos.

La nefanda Cruela de Vil, buscando siempre pelajes dálmatas, pasó ante la casa.

—¿No hay nadie? —murmuró.

En el jardín ¡vio a dos cachorritos blancos, con sus hermosas manchas negras!

—¡Me los robaré! —exclamó.

Los cachorros la vieron merodeando.

—¿Qué haremos? ¡Parece malévola! —susurró la perrita.

¡El miedo iba a congelarlos! Pero el hermano tuvo una idea.

—¡La cubeta de cal que usan para pintar la barda!

—¿Nos pintamos con cal? —dijo ella.

Cruela vio correr hacia ella a dos cachorros… ¿blancos? Se confundió, y pasaron por entre sus pies, ¡metiéndose a la casa!

Furiosa, Cruela se fue.

Al volver todos, los perritos se rascaban la cal.

—¡Oh, no! —dijo Roger—. ¡Ahora estos dos también tienen comezón!

SPOTS AND ITCHES

Roger and Anita went to the veterinarian with Pongo, Perdita and 13 of their 15 puppies. They all had an itch, except for two.

The hateful Cruella de Vil, always looking for Dalmatian fur, passed by the house.

"Nobody's home?" she murmured.

In the garden, she saw two white puppies, with their beautiful black spots!

"I'll steal them!" she exclaimed.

The puppies saw her stalking around.

"What will we do? She looks evil!" whispered the female puppy.

Fear was going to freeze them! But the brother had an idea.

"The bucket of lime they use to paint the fence with!"

"We paint ourselves with lime?" she said.

Cruella saw two… white puppies running towards her. She got confused, and they passed between her legs, and into the house!

Furious, Cruella left.

When everybody returned, they saw the puppies scratching at the lime.

"Oh, no!" said Roger. "Now these two also have an itch!"

47

POBRES PIRATAS

Tres piratas buscaban tres cofres de monedas de oro.

Peter Pan los espiaba, con el hada Campanita.

—¿Quieres divertirte? —dijo Peter.

—¡Claro! —dijo ella.

Parche sacó un cofre, y Turco lo llevó a su lancha.

Entonces apareció Peter, ¡retando a Negro! Los otros olvidaron todo, menos el duelo.

Mientras, usando su polvo mágico, Campanita sacó las monedas del cofre y las ocultó.

—¡Descansen un poco! —dijo Peter, echándose a volar.

—¡Que te caiga un rayo! —gritó Turco.

Dos veces más, Peter distrajo a los piratas, y Campanita vació los cofres. En su última travesura, ¡los llenó de arena!

Cuando el Capitán Garfio abrió los cofres, ¡casi se arranca los bigotes!

—¡Piratas tontos! —rugió—. ¡Su castigo será terrible!

Desde una nube, Peter y Campanita se rieron durante horas, ¡viendo a los piratas comerse los cofres y la arena!

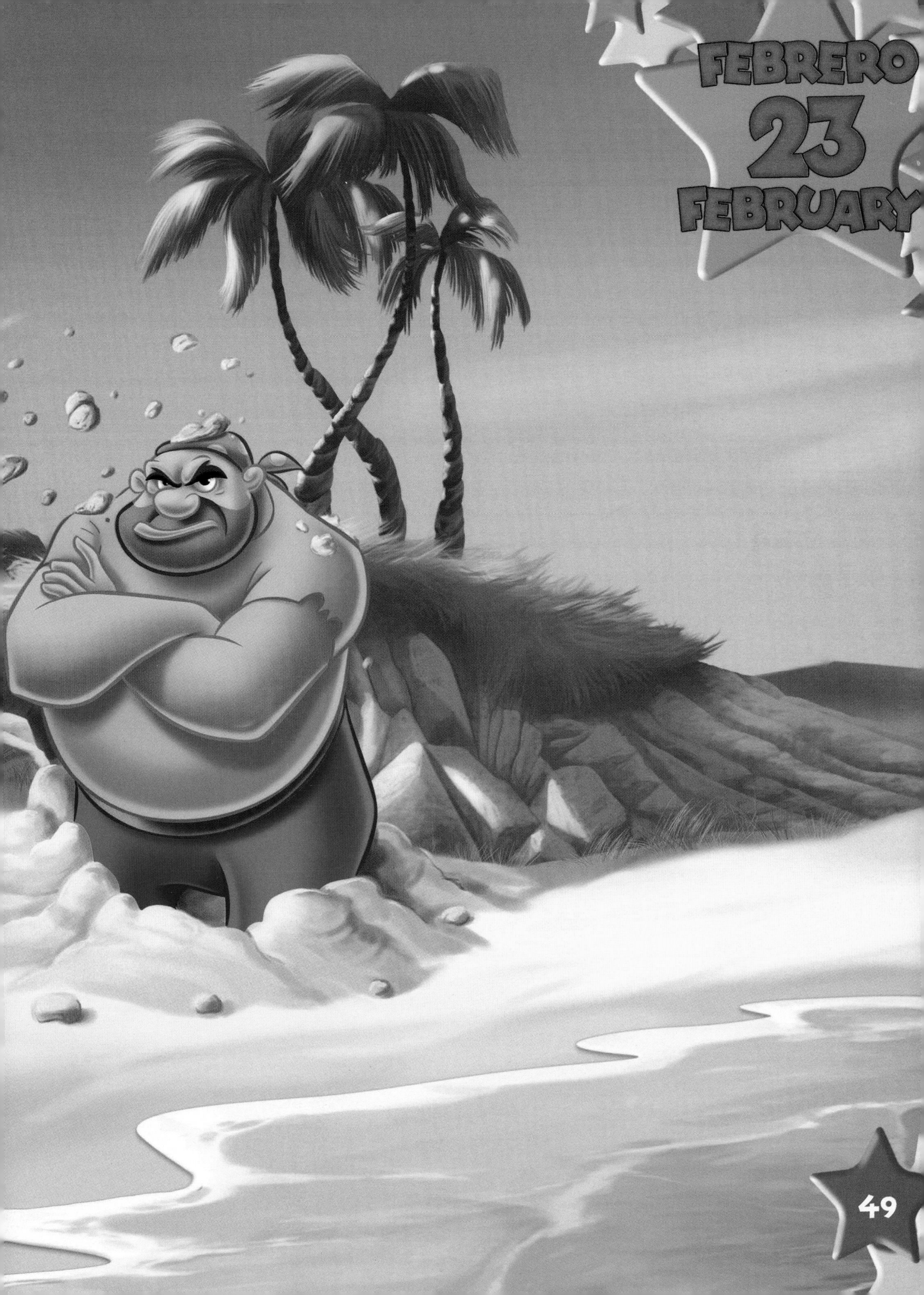

FEBRERO
23
FEBRUARY

POOR PIRATES

Three pirates were looking for three chests of gold coins.

Peter Pan spied on them, with Tinker Bell, the pixie.

"Do you want to have some fun?" Peter said.

"Of course!" she said.

Skylights uncovered a chest, and Turk took it to their rowboat.

Peter appeared then, challenging Black! The others forgot everything, except the duel.

Meanwhile, using her magic dust, Tinker Bell took the coins from the chest and hid them.

"Rest awhile!" said Peter, flying away.

"May lightning strike you!" shouted Turk.

Twice more, Peter distracted the pirates, and Tinker Bell emptied the chests. In her last prank, she filled them with sand!

When Captain Hook opened the chests, he almost tore his whiskers off!

"Foolish pirates!" he roared. "Your punishment will be terrible!"

From a cloud, Peter and Tinker Bell laughed for hours, watching the pirates eating the chests and the sand!

SECRETO DE HADAS

Un extraño cometa pasó cerca de la Tierra, sin afectar la naturaleza o a la gente.

Pero Campanita y sus amigas, ¡ya no producían polvo mágico! ¡No podían ni volar! Y el Hada Mary estaba en una misión secreta.

—¡Ahora, somos… nada! —exclamó Silvermist, hada de agua.

—¡Tengo miedo! —dijo Rosetta, hada de jardín.

—¡Calma! —dijo Campanita—. Vengan…

Bajo un rosal, tenía polvo mágico en un cofrecito. Echó un poco sobre todas, ¡y sus poderes volvieron!

El Hada Mary regresó al Bosque de Hadas.

—Soñé el cometa y fui a consultar los libros secretos —dijo, asombrada—. Un hada debe esconder polvo mágico, ¡para días como estos! A mí, en la antigua caverna, el cometa no me afectó.

—¡Campanita tenía polvo mágico! —dijeron las hadas.

Mary sonrió.

—Por eso es célebre y poderosa —dijo—. ¡Es mágica, es inteligente, y siempre, precavida!

FAIRY SECRET

A strange comet passed close to Earth, but didn't affect nature or people.

But Tinker Bell and her friends, couldn't produce pixie dust! They couldn't even fly! And Fairy Mary was on a secret mission.

"Now we're… nothing!" exclaimed Silvermist, the water fairy.

"I'm scared!" said Rosetta, the garden fairy.

"Be calm!" said Tinker Bell. "Come…"

Beneath a rosebush, she had a little chest with pixie dust. She sprinkled a bit on all of them, and their powers returned!

Fairy Mary came back to the Fairy Forest.

"I dreamed of the comet, and I went to consult the Fairy Books," she said, amazed. "A fairy must hide pixie dust, for days like these! In the ancient cave, the comet didn't affect me."

"Tinker Bell had pixie dust!" said the fairies.

Mary smiled.

"That's why she's famous and powerful," she said. "She's magic, she's intelligent, and always, provident!"

DOS, MEJOR QUE TRES

El Príncipe supo de tres diamantes fabulosos en forma de corazón, rombo y gota, en un reino lejano.

—¡Iré por ellos, Cenicienta! —exclamó el Príncipe.

—Prefiero tu compañía que todas las gemas de la Tierra —dijo ella.

—¡Ninguna otra princesa tendría joyas iguales! —insistió él—. ¡Voy a preparar mi viaje!

¡Cenicienta no hallaba cómo detenerlo! Él cruzaría mares y montañas, y enfrentaría hechiceros, dragones y bandidos que codiciaban las joyas.

Ella no pudo contener un llanto amargo. Él se conmovió al ver sus ojos llorosos, azules como el cielo, profundos como el mar.

—¡Soy un tonto! —dijo—. Tus ojos son más bellos que los diamantes. Y verte así, ¡me rompe el corazón!

La abrazó, y la besó en la frente.
—Ya tienes las dos joyas más hermosas del mundo. En vez de buscar más, me quedaré contigo, ¡a cuidarlas por siempre!

TWO, BETTER THAN THREE

The Prince heard of three fabulous diamonds, in a faraway kingdom, shaped like a heart, a rhombus and a drop.

"I will go for them, Cinderella!" the Prince exclaimed.

"I prefer your company to all the gems of the Earth", she said.

"No other princess will have jewels like those!" he insisted. "I'm going to prepare my trip!"

Cinderella couldn't find how to stop him! He would cross seas and mountains, and face wizards, dragons, and bandits who coveted the jewels.

She couldn't keep back bitter tears. He was shaken when he saw her tearful eyes, blue as the sky, deep as the sea.

"I'm a fool," he said. "Your eyes are prettier than the diamonds. And it breaks my heart to see you like this!"

He embraced her and kissed her on the forehead.

"You already have the two most beautiful jewels in the world. Instead of looking for more, I'll stay with you, and take care of them, forever!"

SOLUCIÓN PARA LA SOLUCIÓN

Pooh trataba de hacer volar su cometa, pero le faltaba fuerza para elevarla de verdad.

—Yo te ayudo —dijo Puerquito—, y jaló otra parte del hilo.

—¡Que suba hasta esa nube blanca! —gritó Pooh.

Pero aún les faltaba fuerza.

Llegó Tigger saltando, y se unió a ellos:

—¡Ya verán, se perderá entre las nubes!

La cometa subió más, pero aún no se mantenía en vuelo.

—¡Más ayuda! —dijo Pooh—. ¡Ésa es la solución!

—¡Aquí estoy! —dijo Igor—. ¡Lo lograremos entre cuatro!

La cometa voló, pero muy bajo. A veces la tocaban con la mano.

—¡Ya sé qué pasa! —dijo Pooh, tras meditar el problema.

Tigger se rió:

—¿Tienes una solución para tu primera solución?

—¡Sí! —dijo Pooh—. Ya tenemos la fuerza. Lo que nos falta ahora es… ¡MÁS HILO!

Christopher Robin les regaló un rollo de hilo y, por fin, voló la cometa ¡hasta las nubes!

SOLUTION FOR THE SOLUTION

FEBRERO
26
FEBRUARY

Pooh was trying to fly his kite, but he lacked strength to really elevate it.

"I'll help you," said Piglet, and he pulled another part of the string.

"Let's raise it up to that white cloud!" said Pooh.

But they still lacked strength.

Jumping, Tigger arrived and joined them.

"You'll see, it'll get lost in the clouds!"

The kite rose more, but it still didn't stay in flight.

"More help!" said Pooh. "That's the solution!"

"Here I am!" said Eeyore. "We'll do it, between the four of us!"

The kite flew, but very low. Sometimes, they could touch it with their hands.

"I know what's wrong!" said Pooh, after meditating the problem.

Tigger laughed.

"You have a solution for your first solution?"

"Yes!" said Pooh. "We have the strength now, but what we need now is... MORE STRING!"

Christopher Robin gave them a roll of string and at last, the kite flew up to the clouds!

57

PROBLEMAS DE ARTE

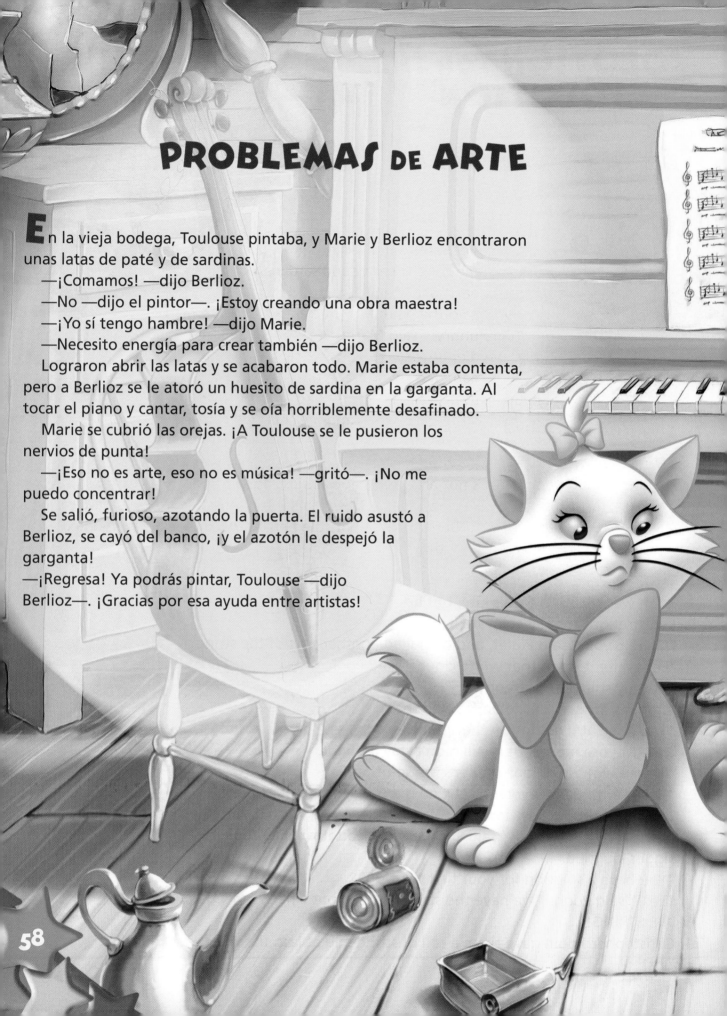

En la vieja bodega, Toulouse pintaba, y Marie y Berlioz encontraron unas latas de paté y de sardinas.

—¡Comamos! —dijo Berlioz.

—No —dijo el pintor—. ¡Estoy creando una obra maestra!

—¡Yo sí tengo hambre! —dijo Marie.

—Necesito energía para crear también —dijo Berlioz.

Lograron abrir las latas y se acabaron todo. Marie estaba contenta, pero a Berlioz se le atoró un huesito de sardina en la garganta. Al tocar el piano y cantar, tosía y se oía horriblemente desafinado.

Marie se cubrió las orejas. ¡A Toulouse se le pusieron los nervios de punta!

—¡Eso no es arte, eso no es música! —gritó—. ¡No me puedo concentrar!

Se salió, furioso, azotando la puerta. El ruido asustó a Berlioz, se cayó del banco, ¡y el azotón le despejó la garganta!

—¡Regresa! Ya podrás pintar, Toulouse —dijo Berlioz—. ¡Gracias por esa ayuda entre artistas!

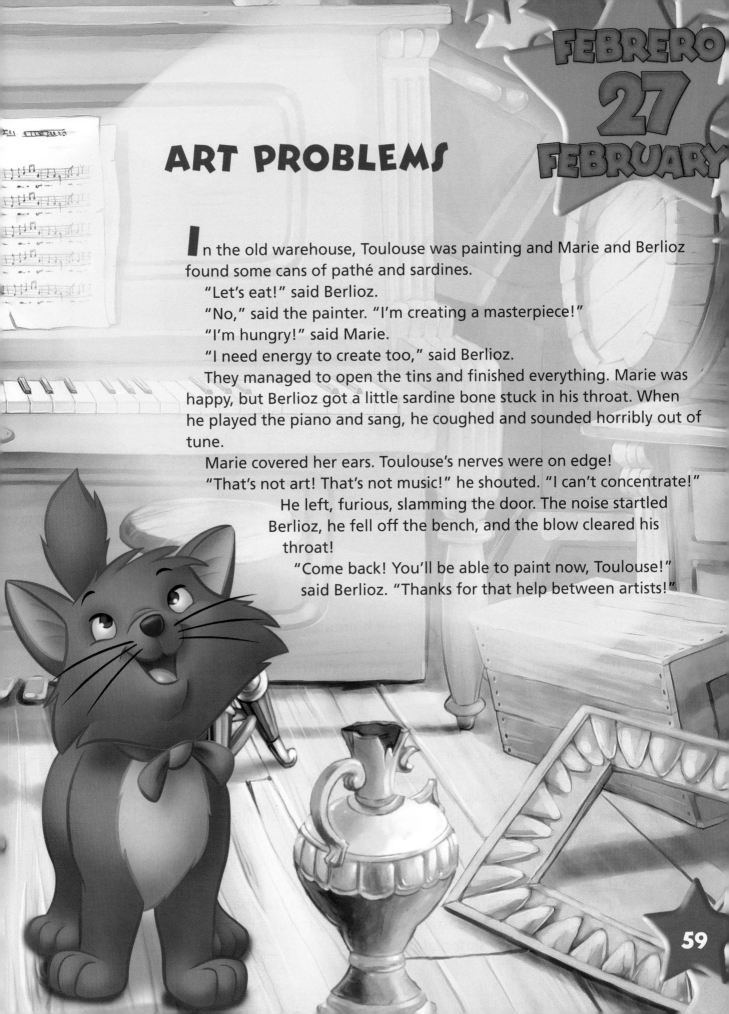

ART PROBLEMS

In the old warehouse, Toulouse was painting and Marie and Berlioz found some cans of pathé and sardines.

"Let's eat!" said Berlioz.

"No," said the painter. "I'm creating a masterpiece!"

"I'm hungry!" said Marie.

"I need energy to create too," said Berlioz.

They managed to open the tins and finished everything. Marie was happy, but Berlioz got a little sardine bone stuck in his throat. When he played the piano and sang, he coughed and sounded horribly out of tune.

Marie covered her ears. Toulouse's nerves were on edge!

"That's not art! That's not music!" he shouted. "I can't concentrate!"

He left, furious, slamming the door. The noise startled Berlioz, he fell off the bench, and the blow cleared his throat!

"Come back! You'll be able to paint now, Toulouse!" said Berlioz. "Thanks for that help between artists!"

59

LA TRAMPA

La malvada Úrsula quería capturar a Ariel e hipnotizarla para que le robara el cetro a su padre.

Sus anguilas atacaron a Sebastián, quien paseaba distraído pensando en una sinfonía.

¡CRAAACK!

Con una descarga eléctrica, lo dejaron tieso y pasmado, y lo pusieron ante la tenebrosa entrada de la cueva de Úrsula.

—Ariel verá al cangrejo —dijo la bruja—. Se acercará, ¡y la haré prisionera!

Pero Flounder vio todo y le avisó a la Princesa.

—Para rescatar a Sebastián —dijo Ariel—, ¡tallaré una estatuilla de coral rojo con herramientas de barcos hundidos!

Furtivamente, Ariel y Flounder llegaron a la morada de Úrsula y sustituyeron al verdadero Sebastián por su estatuilla.

Úrsula se reía, segura de que Ariel caería en su trampa.

Pero, ya lejos de ella, Sebastián, recuperado, ¡tarareaba para sus amigos la melodía de su nueva sinfonía!

FEBRERO 28 FEBRUARY

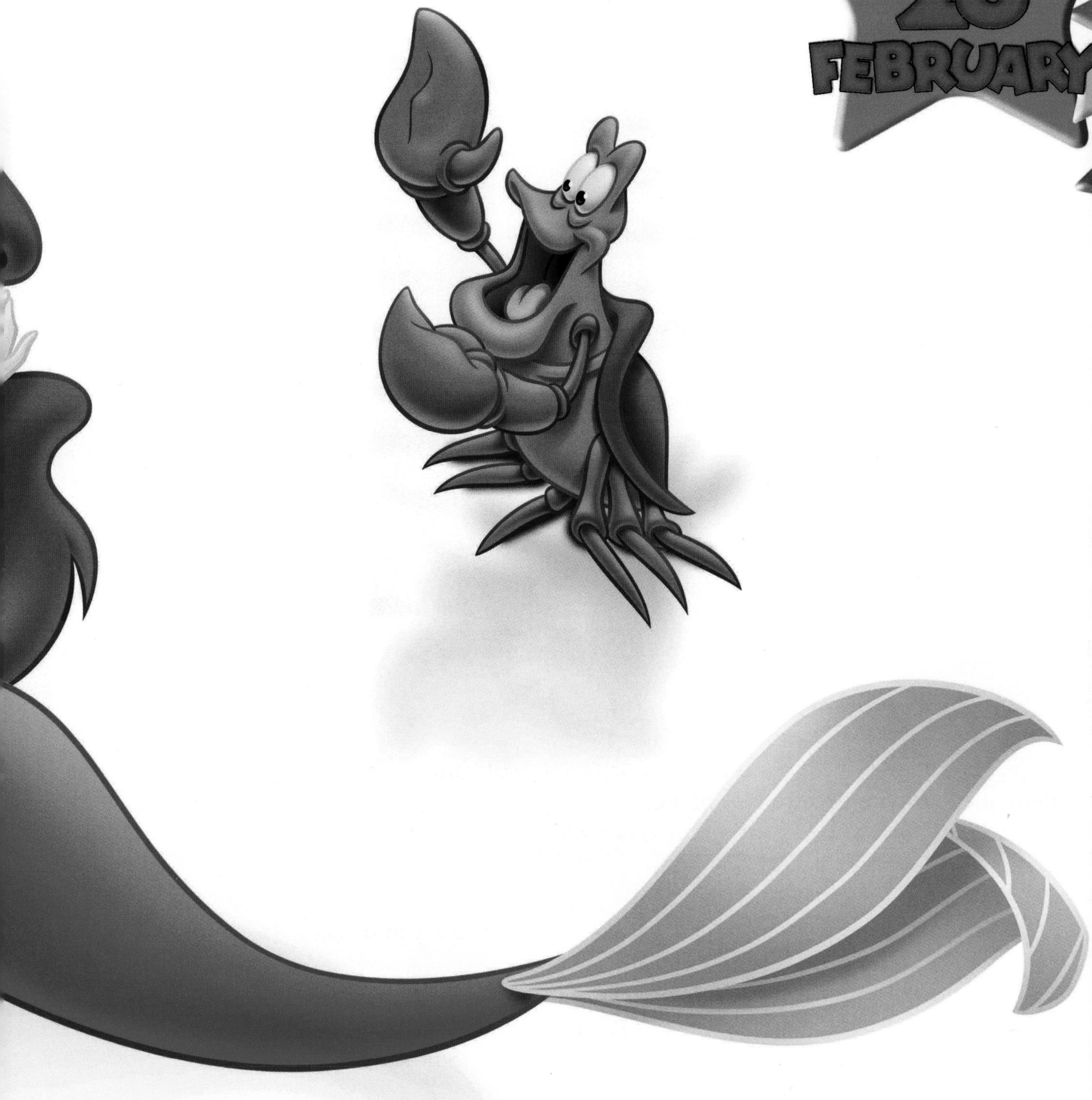

THE **TRAP**

Evil Ursula wanted to capture and hypnotize Ariel, to make her steal her father's scepter.

Her eels atacked Sebastian, who was distracted, thinking of a new symphony. CRAAACK!

With an electric shock, they left him flabbergasted and frozen stiff, and they put him at the gloomy entrance to Ursula's cave.

"Ariel will see the crab," said the witch. "She'll come close, and I'll take her prisoner!"

But Flounder saw everything and warned the Princess.

"To rescue Sebastian," said Ariel, "I'll carve a little statue from red coral, with tools from sunken ships!"

Stealthily, Ariel and Flounder reached Ursula's cave, and substituted the real Sebastian for his statuette.

Ursula laughed, sure that Ariel would fall into her trap.

But, already far away from her, Sebastian had recovered, and was humming the melody of his new symphony for his friends!